응원합니다

그대의 삶은 답을 그리워하지 않는 예술입니다
·····

응원합니다

강정애 시화집

푸른사상
PRUNSASANG

님께

시인의 말 — **찰나 26년, 총정리하다**

광대가 춤추듯
팽팽한 고무줄 위 긴장 놓지 않은 열정의 세월
찰나 26년

그 인연의 숲 투쟁은
마치, 고난 이겨내며 피어난
단단한 들꽃 삶 살이마냥
사랑스럽다

갈 길 멀지만
벗 있는 나는
외롭지 않은 한 마리 새
'바람' 너를 만났기 때문이다

설익은 작품에 바쁜 시간 내어 정성 다해 작품해설을 써주신 맹문재 선생님께 감사드린다.

  부끄럽지만 시화집을 제작하기까지 물심양면으로 도와주신 진군흠 선생님, 흔쾌히 시집을 제작해 주신 푸른사상사 사장님을 비롯한 편집부 식구들에게 감사의 인사를 드린다.

  겨울이 오고 있고, 봄이 오고 있다.

  2014. 11
  제주에서 강정애

제5부 세상 바라보기

제1부

상처도 마다 아니하고

미안해

해맑은 해바라기 미소 되지 못해
미안해

호수 닮은 너의 마음 믿지 못해
미안해

아직도 머나먼 길이어서
정말 미안해

천생연분

묘한 바람 불어
문 열어보니
마음 세계 여행하는 사랑 씨앗
가슴에 앉았다

따끔거리는 상처도
마다 아니하고
몇 날 며칠 품었더니
가슴속에 싹이 텄구나

어머니

어머니도
바람이니
흘러서 간다

그리워지기 전에
온 정성 다해
그리움 되어드리자

그리움 되기 전에……

큰오빠

오빠가 있기에
마음의 요동 없이
지낼 수 있었습니다

아버지의 희생과
어머니의 정성을
오빠가 하셨습니다

오빠의 역사는
저를 키운 대지이고
하늘입니다

베난시오야

가슴에 품어
한참을 있어도

언제나
사랑스러움 가득

내 살과 피를 나누어
주께서 주신
목숨과도 바꿀 수 없는
호흡이요 숨결이다

얼굴 살포시 안고
어루만지면

금세 둥지에 날아든 새마냥
안락함과 평온함을
선물한다

응원합니다

그대와 비교할 수 있는
그림 있을까요?

그대는
비교할 수 없는
인생 명작을
그려가는 사람입니다

알 수 없는 시간을
스케치하는
그대의 삶은
답을 그리워하지 않는
예술입니다

미안하다

내가 조금만 더 성숙했더라면
너에게 편하고 다정한 네 마음 되어줬을 건데

내가 조금만 더 가까이 다가가
너의 받침 되어주었다면
오늘의 피곤한 일들로부터
고민하는 일들 없었을 것인데

늘 지나온 뒤에 항상 반성하는
내 삶이어서

차라리 깨달음조차 없는 바보스런 인간이라면
마음이라도 편하게 해줄 수 있었을 건데
그것조차 되어주지 못하는 내가
미안하다

참외 봉다리

삼촌 고맙수다예
잘 계십서
잘 먹쿠다

니추룩
곱닥헌 거 시난 쥄쪄

어멍안티도 잘허곡
착허다

가슴에 눈물이 흐른다

힐끗힐끗 곁눈질
가슴에 사랑이 오른다
아름다움의 환희다

제2부

사랑하니 모든 게 보여

독백 1

이름 석 자
흙 한 줌
마음 손에 넣을 즈음

차가운 듯 따뜻한 게
사랑인 줄 알았어

독백 2

비를 맞았습니다
편지를 썼습니다
음악을 들었습니다
시를 느꼈습니다

행복은 세상에서 제일 귀한 것
사랑은 창조이며
오늘을 사는 이유입니다

이슬처럼 이슬 같은

상처 제조기도 좋고
행복 제조기도 좋고
사랑 제조기도 좋고

세상에서 가장 예쁘게 살아가는 사람

기쁨보다 고통의 아름다움을
어둠의 그림자를
싱그러운 아침 이슬같이
껴안는 사람

삶이 사랑 되어

나의 삶은
노력을 노래하는 기차
조건 없는
마음의 질주

나의 사랑은
철들지 못한 순종이요
조건 없는
내 마음의 풍금이다

내 안에 사는 사랑

내 안에 사는 사랑은
여문 가을처럼 풍성하고
푸른 바다처럼 청명하다

천 년을 지나온 듯
깊고 넓다

인생은 사랑의 시 되어

사랑의 물결
나를 멈추게 한다

행복은
따뜻한 울림 되어 가슴에 머문다

살아가는 뼈마디 마디가
조심스레 인생을 드리우며
마흔다섯 어린 소녀
하루를 소중케 한다

살아 있음에
끝없이 밀려오고 나가는
가득한 사랑
축복 되어
영혼에 이른다

오늘을 사랑하니

전혀 모르는 이들과
서로 알아가고
서로 힘 되고
마음 나누며
오늘을 걸어간다

감성을
바다에 뿌리고
산에 묻으며
하늘에 날려보기도 하는데
그 시간에
나는
희열을 느낀다

사랑하니 모든 게 보인다

내가 사는 이유

나는 언제라도
그대 마음을 생각하고 싶습니다

그대 소망을 실천하고
그대 고통을 이겨내고 싶습니다

그대 미소를 기뻐하고
그대 가슴에 사는
존재이고 싶습니다

그대를 향한 마음은
그대 인생 되어 흘러갑니다

성질 값

보고 싶어
짜증이 난다

가슴이
울컥
내린다

훗날
제주 할망 되어

멋스런 내 어깨와
당당한 얼굴이
그리운 날엔……

에구 에구

사랑하기에 떠난다는 너
고운 이별일지 모르나
진정한 사랑은
떠날수록 타오르는 것을

그대는 알거라
진정한 사랑은
한 맺힌 상처조차 소중히 사랑하며
주면서 기뻐하고
받으면서 기뻐한다는 것을

그대여 또 알거라
진정한 사랑은
가슴에 존재한다는 것을
설령 무덤이어도 사랑은 영롱하다는 것을

향기

나를 보며
웃어줄 당신 있어

내가 서 있는 이곳

사랑꽃 피어
향기가 가득합니다

사랑의 향기

제주 바다 산삼까지 차려놓은
귀한 만찬

도란도란 모여 앉은 선남선녀
밝은 태양 바라보는 해바라기마냥
서로의 마음 오고 가네

가슴속에 핀 행복꽃을 감출 수 없으니
사랑의 향기 아니냐

제3부

내가 사는 하루는

수호천사 1

열심히 사는 사람은
더 많은 실패를 한다

실패는
아름다운 삶

삶이 아름다운 이유는
도전의 발상이 연속되기 때문

삶을 사랑하는 사람은
수호천사로
오늘을 산다

수호천사 2

삶의 깨달음을 걷는 자

자개 판 5만 건
수호천사의 홈피

나이 팔순 되어
생생히 기록된 젊음을 보며
기쁘며 행복하리라

생각 있는 사람은
자신의 것을 만나고야 만다

수호천사
꿈꾸기 위해 오늘을 산다

사람쟁이

사람들이 좋다
따뜻한 마음이 오가고
조용한 음악과 같은 믿음이
손가락까지 느껴진다

신선이 끓여주는
보약처럼
힘이 솟는다

나는 사람쟁이
사람이 좋다

아름다운 도전

여보게
오늘도 거절당했는가
마음 아프겠지
살맛도 안 날 거고
거절한 사람이 밉겠지

그런데 아는가

거절은 향기라네
아름다운 도전
세상에 두려울 게 없다네

충전

때론
외벽 줄 타고
잠시
거리에서
홀로
있고도 싶다

더한 깨달음
사랑의 에너지
충전될 때까지
나 자신을
힘들게 하리

일 사랑

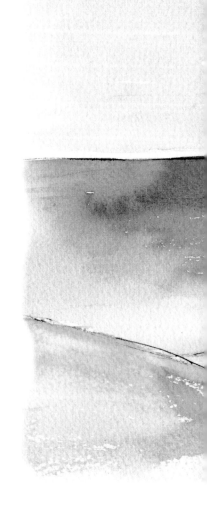

세상의 일
한가득
자동차에 싣고 다닌다

나는 세상에서
가장 행복한 사람

달리는 심장이여
뜨거운 색을
일에 칠하자

제4부

사람 속에 세상이

뛰고 나는 열정

행복하게
살고픈 여름
나의 계절이다

살아 있음보다
더한 행복 어디 있으랴

뛰고 나는 열정의 새처럼
행복하고픈 여름
나의 심상이다

여인의 시

내 자유와 서정은
낭만의 시 아닌 고독 되어 나온 것을

그럼에도 불구하고
가슴에 그리움 깊어

대서양 같은
마음이 열리고
사랑의 노래가
들린다

그대의 사랑이
내 마음의
풍금을 켠다

인연의 숲

너와 나의 마음
사랑으로 정을 나누는
인연의 숲 이루었네

맑은 하늘과
한 쌍의 새소리는
그림 같은 음악으로
숲 속을 흘러가네

우리 살아온 길

한 맺힌 영혼은
오직 초롱불 향해
검은 산 검은 숲을
수백 년 죽은 채로 걷는다

오직 초롱불 향한
영혼의 걸음은
쉼 없이 검은 산 끝을 향한다

여인의 말문은 막히고
가슴은 멈추어 서며
어둠의 숨소리는 바람 되어
검은 산 검은 숲의 구름을 걷어낸다

백치 여인

수천 일 겹겹 상처투성이
치유 힘든 백치 사랑
첫사랑 트라우마
트라우마조차 이겨내는
무한 경험 축복으로

철없어도
무지해도
곱디곱게
내 영혼을 지켜주는
여인이여

내 사랑의 지킴이

순리의 배

마음이 좋지 않은 걸 보니
태풍이 몰아쳤나 보다

흐르는 순리의 배에
승선해

마음의 손을 편다

일 속엔 사람이 있고
사람 속엔 세상이 있다

운동회

살면 살수록
녹녹한 마음
아래로 자리한다

가끔 뛰어야 할 땐
열정이 툭 하고 튀어오른다

돌멩이 하나도
소중한 하루
진득하게 모아지면
내 인생이 된다

살면 살수록
내가 해야 할 일들이
운동회를 연다

내 마음

나의 나무에 열매가
주렁주렁

시도
노래도
사랑도
행복도
주렁주렁

매일 따먹어도
주렁주렁

마음의 소리

마음을 음미할
벗이 있으니
나는 축복이다

음률이 통하는 세계를
여행할 수 있으니

그들의
숨결 따라
노래를 부르며
걸어간다

거대한 산

기대를
저버리지 않을
거대한 산이고 싶었습니다

그대는
천 년의 영혼을
온 세상에 다 뿌리고
눈물의 산이 되었습니다

죽어서도
변치 않을
거대한 산이 되었습니다

젖어든다

시간 속의 내 존재를
찾아내려
젖어든다

진실 향해
울어대며
젖어든다

오늘을 사는
내 의식의 가치 되어
젖어든다

아름답고
설레는
내 마음의 숲 속에서

고뇌분간법

(A)

느낌을 팝니다
구름과 바람은 서비스로 드립니다

(B)

흩어지고 모아지는 감정을
깎아주시면 안 되나요?

(A)

가슴은
뿌리와 심장
깎지 마세요

(B)

내 마음의 차림은
느낌으로 살까요?

고난이 꽃을 피우니

힘들었던 만큼
단단해진
소망 하나

소용돌이 앞에서
맹세를 한다

소용돌이 끝에서
고난의 끝에서

꽃이 피고 있다

파이팅

뛰다 보면
어둠마저 없는
빈 공간의 세계를
달려야 할 때도 있고

뛸 자리조차 없어
물 위를
구름 위를
뛰어야 하는 경우도 있다

어디를 향해
그토록 뛰는가

사랑이 달리고 있다

제5부

세상 바라보기

어영 바당

어영 바당에 밀려왔다
따뜻한 혈액

수십 년 흘러도
따뜻한 너 보니
그리웠던 정이
다가와 뭉클하다

글썽거리는 어영 바당에
사랑을 되새김질 해본다

알프스 소녀

요들송의 멜로디를
온몸에 적신다
내림을 맞이하듯
두 팔을 나도 몰래 벌리며
눈을 감고
눈을 뜬다

이 세상은 내 세상이다
아 아름답다
나를 닮은 알프스여

멈추지 않고 이어지는
요들송 음률
내 가슴의 노래여

백중날

이호해변 백중날
보름달 달아놓고

멋진 연인과
향기와
음악과
낭만과
서로의 마음을 담아 넣는다

낭만은 달아놓은 보름달
행복도 담아 넣는다

가을 여행

가을 여행은
누렇게 익은 논과 같은
마음 나누는 일

다정한 미소를 가진
그대와 함께하는
가을 여행은
어디를 가든
설레는 일

가을에 태어난 나에게
마음의 풍년이 드는 일

마음 그리기

하늘 스케치북에
구름 가루 뿌렸다

무얼 그릴까

하늘빛 드리워진
제주 바다 그려야지

바다 스케치북에
물 가루 뿌렸다

뭘 그리지

은빛 바다 물결 이는
용머리 하늘 그려볼까

제주 바다 같은
내 마음을 그려야지

소국

국화 송이가
기지개를 켠다

파닥파닥
열심히 펴대는
꽃잎 부채질 소리

내 마음도
기지개를 켠다

함박눈

인생이여
바람 같고 구름 같은 인생이여
잠시 내렸다 녹는
함박눈 같은 인생이여

머문 심장에 시동을 켜고
다시 겨울 세상 향해
출근합니다

물레 소리

중문 8코스 올레길
바닷물 끝자락이 조약돌과
자작자작 부딪히는 소리

자정 앞둔 시간
포근한 맘 주고받는
다정한 물레 소리

오르리 오르리

유월이면 어김없이 한라산엔 철쭉 행사
신이 주신 선물 철쭉꽃 천지

붉은 바다 보고파서 벌써부터 윗새오름
오른다네

윗새오름 오른 양 숨조차 참아내며
산기운을 가슴 품에 담아놓고

한라 기운 받았다네

윗새오름 올라 먼 바다 바라보며
다짐하네

오늘은 비록지사 어승생악 올랐건만
내일은 만발 철쭉 너를 향해 오르리

상극 상생

물도 흙도 없는 돌 틈에 붙어
바위의 경이로운 기쁨 된
어승생 구상나무

비바람 벼락 폭우
그 화조차 이겨냈네

껍질 벗겨진 구상나무
갈라진 돌 틈

처절한 상극 상생
눈물겹네

사랑의 수채화

물결 위에 융단을 깔고
수채화 하늘
바라본다

불빛 안으로 날아든 바닷새
바다 위로 날아간다

꿈꾸는 바닷새
하늘 바다 가르는 날갯짓은
꿈꾸는 사랑의 수채화
불빛 물결 위에 내린다

제6부

인생 그대로
두 손 곱게 모으며

행복 마을

제가 사는 하루엔
행복과 불행이란 마을이 있습니다

일이 잘 되길 바라고
기적으로 질병 낫기 바라는
내 마음
행복 마을에 색칠합니다

세상일 공짜 없듯
모든 게 행복과 불행 사이에
존재하는 희로애락의 장단

살아온 과거가
현실에 답을 줍니다

아름다운 사람

잠시일지라도
가슴 샘물 마르지 않는
사랑을 위한 영혼이게 하소서

흐르는 한 땀 한 땀
고운 삶 수놓게 하시옵고

아름다운 사람으로
살아가게 하소서

기도

제게 주어진 모든 사랑
온 세상에
씨 뿌리게 하소서

오직 가슴엔
변치 않는 사랑 하나
자리하게 하시고

마지막 호흡 이를 때까지
베풀게 하소서

인연

그대로
두 손 모으게 하소서

나의 부족한 영혼이어도
마음과 마음이 모아져
님의 소리 듣게 하소서

힘겨운 인연의 바람이
어린 영혼을 흔들어 놓아도
그조차 주께서 주신
소중한 이불이라고 믿습니다

살아온 순간 속에
그 어떤 인연도
새롭지 않은 이 없습니다

그대로
두 손 모으게 하소서

마음이란 집에 가면

사랑 가득한 집에
나는 인테리어를 한다
성실이란 벽지로
도배를 하고
행복이란 그림을
거실에 걸어놓는다
부엌에는
다양한 책임감이 준비된
싱크대를 설치한다
안방에는 열정이
익어가고
베란다엔
배려와 이해가 널려 있다
인테리어로 따뜻한
수호천사네 집

따르겠습니다

있는 듯 없는 듯 숨은
그러면서도 태양처럼 달처럼
빛과 소금 되는
눈물과 미소가 되겠습니다.

기도와 삶이 일치되게 하여
마음을 모으고
감사 고하는
아름다운 나날 가꾸겠습니다.

기도가 삶이고
주님 은총과 축복임을 믿기에
그대로 따르겠습니다.

오일장에 가고 싶다

따뜻한 오일장 거리
너와 나의 마음 온도
내 사랑 그대
고운 영감 미소

손잡아 행복한
그대에게
주고 싶은 오일장 추억

영혼이 살아 숨쉬는
그대와의 소풍
오일장에 가고 싶다

옥색 비양도

옥색 물결 너울거림에
마음이 멈춘다
어느새 술 한 잔 그득하게 한 듯
낭만에 취한다

숱한 날 고독 벗삼으며
달달하게 고였던 눈물
간만에 잘 익은 옥색 술 머금으니
발갛게 취기 오른다

무지개 단비

인내와 사랑으로
마음 달여
노란 하늘(미움)
파란 하늘(증오)
붉은 하늘(분노)에
단비 내리니
무지개 뜬다

해를 삼킨 사랑
숨소리마저
손 끝까지 느껴지니
변덕쟁이 하늘
궁금하지 않다

비온다 달팽이

비온다
부지런둥이 달팽이는 달팽이 속 그립다

예쁜 마음 잔잔히
오장육부 곳곳에 붙고 붙어
입가 반쯤 음악같이 올라가고
귀염둥이 눈빛에 열이 오르는
오늘은 봄비 오는 날

일 좋아 하늘 땅 벗삼고
등짐지며 세상 다니는 부지런둥이 달팽이도
봄비 오는 오늘은 달팽이 속 그리운지
오장육부 곳곳에 붙은 오감이
바쁘다 바빠

작품해설

사랑의 역사(役事)

맨 문 재

1.

강정애 시인의 시세계는 실존주의를 바탕으로 한 '사랑의 역사'로 집약시킬 수 있다. 그와 같은 면은 시집에 수록된 「삶이 사랑 되어」 「내 안에 사는 사랑」 「사랑의 향기」 등의 작품들 제목에서, 또 "사랑은 창조이며/오늘을 사는 이유입니다"(「독백 2」)라거나 "사랑의 에너지/충전될 때까지/나 자신을/힘들게 하리"(「충전」)와 같은 작품들 내용에서 확인할 수 있다. 시인은 자기 자신은 물론이고 어머니, 큰오빠, 삼촌 같은 가족들, 이웃, 동료, 신앙으로 삼고 있는 주님, 자신의 업무, 하루하루의 생활 등을 사랑하고 있다. 사랑을 생의 가치이자 푯대로 삼고 노래 부르고 있는 것이다.

시인의 사랑 중에서 자기 자신에 대한 사랑이 우선 관심을 끈다. 에리히 프롬이 『사랑의 기술』에서 명명한 자기애(自己愛)로 볼 수 있는 것이다. 자기 자신을 사랑하는 것은 언뜻 보면 이기적인 자세로 여겨질 수 있다. 자기 자신을 사랑할수록 다른 대상을 사랑할 수 없기 때문이다. 그렇지만 자기를 사랑하는 태도는 긍정할 만한 것이다. 자기 자신을 사랑하지 않고서는 다른 사람을 사랑하는 일이 가능하지 않기 때문이다. 그러므로 자기 자신을 사랑하는 것과 이기적으로 자신을 사랑하는 것은 구별된다. 이기적인 자기 사랑은 이익관계 혹은 이해관계에만 관심을 갖고 있기에 사랑 받는 것만을 추구해 자기 자신은 물론 상대도 사랑하지 못하는 것이다.

다른 사람을 사랑하는 사람에게는 그 자신을 사랑하는 모습이 들어 있다. 자기 자신을 사랑하기에 다른 사람을 자신처럼 사랑하는 것이다. 따라서 진정한 자기애는 자신을 올바른 방법으로 사랑한다. 자신의 기쁨을 위해 사랑을 받아들이는 데에만 관심을 갖는 이기적인 사랑과는 다르게 다른 사람을 무한하게 품는 것이다. 결함투성이의 인간 존재가 자신을 사랑하는 일은 결코 쉽지 않다. 이와 같은 차원에서 강정애 시인의 작품은 주목된다.

> 내 안에 사는 사랑은
> 여문 가을처럼 풍성하고
> 푸른 바다처럼 청명하다
>
> 천 년을 지나온 듯
> 깊고 넓다
>
> ― 「내 안에 사는 사랑」 전문

시인은 자신의 몸 안에 "사랑"이 살고 있다고 인식한다. "사랑"이 자신의 몸 안에 살고 있다고 인식하는 것은 곧 자기애의 발견이다. 이 세계에서 살아가는 자신을 "사랑"을 품은 존재로 자각하는 것으로 적극적으로 자신을 긍정하는 모습이다. 그리하여 자신이 품은 "사랑"이 "여문 가을처럼 풍성하고/푸른 바다처럼 청명하다"고 노래하고 있다.

또한 시인은 자신의 몸 안에 살고 있는 "사랑"이 일시적인 것이 아니라 "천 년을 지나온" 것과 같이 오래된 것이고, 피상적인 것이 아니라 "깊고 넓"은 것이라고 노래하고 있다. 자신을 사랑하는 마음이 결코 가볍거나 표피적인 것이 아니라 무겁고도 심오하다는 것이다. 그와 같은 노래는 다음의 작품에서도 볼 수 있다.

> 나의 나무에 열매가
> 주렁주렁
>
> 시도
> 노래도
> 사랑도
> 행복도
> 주렁주렁
>
> 매일 따먹어도
> 주렁주렁
>
> —「내 마음」 전문

시인은 자신의 "마음"을 "나무"로 비유하고 있는데, 그 "나무"는 "열매"를 "주렁주렁" 매달고 있다. "나무"에 열린 "열매"는 "시"와 "노래"와 "행복"과 "사랑" 등인데 "매일 따먹어도" 줄어들지 않는다. 시인의 자기애가 충만한 모습과 대상애(對象愛)로 나아갈 수 있는 토대를 보여주는 것이다.

실존주의 철학의 창시자로 불리는 키르케고르는 『사랑의 역사』에서 마태복음 22장 39절에 나오는 "네 이웃을 네 몸과 같이 사랑하라."라는 구절을 해석한 부분에서 자기애를 강조하고 있다. 키르케고르는 "그대는 그대의 이웃을 그대 자신처럼 사랑해야 한다."라는 계명을 바르게 이해하기 위해서는 자신을 올바른 방법으로 사랑해야 한다고 말한다. 그리하여 "누구든지 그리스도교로부터 자기 자신을 올바르게 사랑하는 방법을 배우기를 거절한다면, 그는 또 그의 이웃을 사랑할 수도 없다."[1]고 설파하는 것이다. 신약성서에 나오는 '사랑'의 의미를 자신의 실존적인 체험을 바탕으로 설명하고 있는데, 강정애 시인 역시 그와 같은 모습을 보이고 있다.

2.

> 나를 보며
> 웃어줄 당신 있어
>
> 내가 서 있는 이곳
>
> 사랑꽃 피어
> 향기가 가득합니다
>
> ―「향기」 전문

---

1 키르케고르, 임춘갑 역, 『사랑의 역사』, 종로서적, 1982, 36쪽.

"나를 보며/웃어줄 당신 있"어 "내가 서 있는 이곳"에 "사랑꽃 피어/향기가 가득"하다고 노래하는 것은 사랑의 숭고함을 보여준다. 자신이 존재하는 곳에서 향기 나는 꽃을 피우는 이유가 "당신"을 위한 것이라는 사실은 대상애의 여실한 면이다. 그렇다고 "당신"에게 사랑이 전적으로 기우는 것은 아니다. "사랑꽃"을 피우는 주체는 어디까지나 자신이고 또 자신을 위해 피우는 것이기도 하다. 따라서 자기애와 대상애가 평등한 관계 또는 결합관계를 맺고 있음을 보여준다. 자신을 사랑하기 위해 "당신"을 사랑하는 것이고, "당신"을 사랑하기 위해서 자신을 사랑하는 것이다. 그와 같은 면은 다음의 작품에서도 확인된다.

> 대서양 같은
> 마음이 열리고
> 사랑의 노래가
> 들린다
>
> 그대의 사랑이
> 내 마음의
> 풍금을 켠다
>
> ─「여인의 시」 중에서

시인은 "그대"의 "마음"이 "대서양"처럼 열리고 "사랑의 노래가/들"리는 것을 듣고 있다. 또한 그 "사랑의 노래"가 "내 마음의/풍금을" 켜는 것을 느끼고 있다. 자기 자신을 사랑하는 자세와 같이 "그대"를 사랑하고 있는 것이다. 자기 자신을 사랑하기 때문에 "그대" 역시 사랑하는 것은 곧 자기애와 대상애의 결합관계 혹은 융합관계를 이룬 모습이다. 연인을 자신처럼 사랑함으로써 자신도 사랑하게 된 것으로 결국 "너와 나의 마음/사랑으로 정을 나누는/인연의 숲"(「인연의 숲」)을 이루는 것이다. 이와 같은 시인의 사랑은 신앙의 대상으로까지 나아가고 있다.

> 제게 주어진 모든 사랑
> 온 세상에
> 씨 뿌리게 하소서
>
> 오직 가슴엔
> 변치 않는 사랑 하나
> 자리하게 하시고
>
> 마지막 호흡 이를 때까지
> 베풀게 하소서
>
> ―「기도」 전문

"제게 주어진 모든 사랑/온 세상에 씨 뿌리게 하소서"라는 기도는 이를 데 없이 숭고하다. 사랑을 자기 자신을 위해 쓰기보다 "온 세상"을 위해 쓰는 것은 결코 쉬운 일이 아니다. 신은 인간에게 최고의 선(善)이며 거울이다. 따라서 한 인간 존재가 어떠한 선을 가지고 있으며 어떻게 추구하고 있느냐에 따라 신에 대한 태도가 달라진다. 그렇기 때문에 신에 대한 사랑에 앞서 자기에 대한 사랑이 요구된다. "오직 가슴엔/변치 않는 사랑 하나/자리하게 하시고//마지막 호흡 이를 때까지/베풀게 하소서"라는 기도를 가슴에 새기고 실천하는 일이 필요한 것이다.

시인에게 실천하는 일은 언어로 하는 것으로 생각할 수도 있다. 그렇지만 언어로만 하는 실천은 한계가 있다. 그렇게 해서는 안 될 것이다. 언어를 통해 사랑을 노래하는 것이 결국 자기 자신에게는 물론이고 다른 대상들을 사랑하기 위한 것이기 때문이다. 따라서 사랑은 실천해야 할 가치인 것이 분명하다. 사랑한다는 것은 진리를 추구하는 것이므로 실천했을 때 한 인간 존재로서 그리고 한 시인으로서 역사를 이룰 수 있는 것이다. 비록 하느님이 행하여 이룬 역사(役事)에는 미칠 수 없지만, 한 인간 존재로서 사랑의 주체성을 확립하는 것이다. 이와 같은 면에서 강정애 시인의 시세계는 실존주의를 추구한다고 볼 수 있다.

3.

세상의 일
한가득
자동차에 싣고 다닌다

나는 세상에서
가장 행복한 사람

달리는 심장이여
뜨거운 색을
일에 칠하자

— 「일 사랑」 전문

시인이 "세상의 일/한가득/자동차에 싣고 다"니는 자신을 "세상에서/가장 행복한 사람"이라고 노래한 것이 눈길을 끈다. 신자유주의가 지배하는 현대 자본주의 사회에서 한 개인이 노동의 주인이라는 의식을 갖는 것은 어렵다. 일찍이 마르크스가 진단했듯이 자본주의 체제 속에서 살아가는 사람들은 자신의 노동 생산 과정은 물론이고 노동 생산물로부터 소외되어 있다. 그리하여 사람들은 자본주의가 제시하는 조건을 수용할 수밖에 없다. 자본주의가 낮게 책정해서 제시하는 조건에 맞춰 자신의 노동력을 팔아야만 하는 것이다. 만약 자본주의가 제시하는 조건에 따르지 않고 자신의 노동력을 팔지 않는다면 이 세상에서 살아갈 수가 없다.

그리하여 사람들은 자본주의에 예속된 존재에 불과하다. 자본주의는 점점 규모가 커지고 거대해지고 있는 반면 사람들은 자본주의가 제시하는 기준에 자신의 몸을 맞추느라고 자동인형이 되어 가고 있다. 이러한 자본주의 체제에서 자신의 일을 "사랑"하는 시인의 자세는 의의가 크다. 자신이 살아가는 이 자본주의 체제 속에서 삶의 주체성을 추구하고 있기 때문이다.

우리가 살아가는 삶이란 "어둠마저 없는/빈 공간의 세계를/달려야" 하는 것과 같다. 따라서 "사랑"(「파이팅」)으로 달려가야 할 필요가 있다. 그것이 주어진 운명에 대한 우리의 올바른 태도이다. 운명을 부정하거나 포기하기보다는 시시포스처럼 바위를 산꼭대기로 굴려 올려야 하는 것이다. 시시포스는 자신이 산꼭대기에 굴려 올리는 바위가 도로 내려갈 것이라는 것을 알면서도 절망하거나 포기하지 않고 묵묵히 자신의 임무를 수행하고 있다. 신들이 내린 형벌을 수행하는 그 자체에서 자신의 운명을 사랑하고 있는 것이다. 그러므로 카뮈가 『시시포스의 신화』서 해석했듯이 시시포스는 자신이 감당해야 할 고통을 회피하지 않고 기꺼이 껴안는 존재로 볼 수 있다. 부조리한 이 세계에서 오히려 주인공인 것이다. "일 사랑"을 노래한 시인의 경우도 마찬가지이다. 시인은 자기를 사랑하는 마음으로 맡은 "일"을 수행한다. 사회적 존재로서의 책임과 역할을 회피하지 않고 기꺼이 추구하고 있는 것이다.

전혀 모르는 이들과
서로 알아가고
서로 힘 되고
마음 나누며
오늘을 걸어간다

감성을
바다에 뿌리고
산에 묻으며
하늘에 날려보기도 하는데
그 시간에
나는
희열을 느낀다

사랑하니 모든 게 보인다

—「오늘을 사랑하니」 전문

인간은 사회적 동물로 "전혀 모르는 이들과/서로 알아"갈 수밖에 없다. 그리하여 그와 같은 과정에서 서로 경쟁하거나 다투거나 등을 돌릴 수 있다.

그렇지만 자기를 사랑하는 시인은 "서로 힘 되고/마음 나누며" 살아가고 있다. 다른 사람과 일을 하다보면 의견 차이가 생기고 이해관계로 인해 갈등을 겪게 되지만 서로 협력하거나 양보해서 오히려 "그 시간에/나는/희열을 느낀다"고 노래하고 있는 것이다. 이와 같은 자세가 가능한 것은 자기 자신을 사랑하기 때문이다. 자신을 사랑하면 "오늘을 사랑하"게 되고 "모든 게 보이"는 법이다.

시인의 이러한 모습에서 사랑은 서로 간의 결합관계라는 사실을, 사랑의 범주가 단순한 차원이 아니라는 것을 알 수 있다. 사랑이 개인적이거나 감정적인 것에 국한되지 않고 사회적이고 문화적이라는 것을 일러주는 것이다. 사랑은 사회로부터 지극히 영향 받고 있다. 시장성을 추구하고 있는 자본주의 사회의 조건에 구속되어 물품이나 기술이나 노동력처럼 시장의 이익에 기여할 수 있도록 생산되고 소비되기를 요구받고 있는 것이다. 그리하여 사람들은 주체성을 상실한 채 노동 생산물이나 생산 과정으로부터 소외되듯이 사랑으로부터도 소외되고 있다.[2]

시인은 이와 같은 상황에 맞서 사랑을 노래하고 있다. 사랑하는 데 필요한 것은 사랑할 만한 상대를 찾는 일이 아니다. 사랑할 상대는 이미 이 세상에 무수히 존재하기 때문에 그보다는 사랑을 실천하는 일이 필요하다. 비록 상대가 이익에 도움이 되지 않는다고 하더라도 자신을 사랑하는 마음으로 상대를 사랑해야 하는 것이다. 상대를 사랑할수록 자기 자신을 사랑하게 되는 것이다.

2　맹문재, 「사랑의 시학」, 『여성시의 대문자』, 푸른사상, 2011, 214쪽.

강정애 시인의 작품들은 이와 같은 가치를 우리에게 들려주고 있다. 인간의 가치가 점점 훼손되고 있는 이 자본주의 시대에 시인의 사랑은 인간의 존엄성을 회복시키고 생명력을 불어넣고 있는 것이다. 시인의 청명한 사랑의 노래들이 마치 성가(聖歌)처럼 우리에게 들려온다. "사랑은 창조이며/오늘을 사는 이유입니다"(「독백 2」), "가슴속에 핀 행복꽃을 감출 수 없으니/사랑의 향기 아니냐"(「사랑의 향기」), "가슴 샘물 마르지 않는/사랑을 위한 영혼이게 하소서"(「아름다운 사람」).

孟文在 | 안양대 교수·시인

수채(水彩)의 언어로 그리는 삶의 시

김정택
(수필가)

강정애 시인은 사람과의 관계에 상당히 공을 들이는 분이다. 그의 장점은 사람을 상대함에 기교를 부리지 않는 데 있다. 그것은 물과 비슷하다. 그는 투명한 물과 같은 모습으로 사람들을 부드럽게 대하면서도 물이 돌도 뚫는 것처럼 끝까지 성심을 다하려고 한다. 그의 성정(性情) 또한 물을 닮아서, 아무리 감추려 해도 물처럼 그 속이 훤하게 들여다보인다. 그의 글 또한 마찬가지다. 그가 사용하는 언어 또한 흐르는 물처럼 기교가 없어 보인다. '글은 곧 그 사람이다'라는 말이 있듯이, 강정애의 시에는 그의 성정이 그대로 드러난다. '꾸밈없이' '순수한' '청순한'…… 그의 사람됨을 얘기할 때 사용될 수식어들이 그의 시를 얘기할 때에도 그대로 적용될 듯하다. 이러한 수식어는 독자들에게 그대로 감염되기가 쉽다. 그러나, 언젠가는 맑고 흐림을 두루 합하여 격랑으로 다가오기를 기대해 본다.

사랑하는 마음이 사람을 움직인다

최용복

(제주대 교수)

강정애 시인의 시를 보기 전, 나는 그가 하루하루 전투하듯 살아가는 열정적인 커리어우먼이라고만 생각했다. 그러면서도 일과 병행하여 박사 학위를 받는가 하면 책을 써서 베스트셀러 목록에도 올리는 다재다능한 사람이라는 점에 놀라기도 했다. 그렇듯 도전하면 뭔가 성취하는 여걸인 줄 알았는데, 이번에 그의 섬세한 마음결까지 들여다보게 되었다. 그리고 그가 일구어낸 모든 성공의 비결이 이 시 속에 담겨 있음을 알았다. 가족을 사랑하고 일을 사랑하고 무엇보다 시를 사랑했던 순수한 마음이 만나는 사람을 움직이고 행복을 만들어냈던 것이다. 이 책에 녹아 있는 시인의 마음이 시를 읽는 이에게도 사랑과 행복을 전달한다. 강정애 시인의 등단을 축하하며 독자들도 그의 시 한 구절처럼 "행복이 주렁주렁, 매일 따먹어도 주렁주렁" 열매를 맺을 수 있기를 바란다.

응원합니다

인쇄 · 2014년 11월 25일 | 발행 · 2014년 11월 30일

지은이 · 강정애
펴낸이 · 한봉숙
펴낸곳 · 푸른사상사

주간 · 맹문재 | 편집 · 지순이
등록 · 1999년 7월 8일 제2-2876호
주소 · 서울시 중구 충무로 29(초동) 아시아미디어타워 502호
대표전화 · 02) 2268-8706(7) | 팩시밀리 · 02) 2268-8708
이메일 · prun21c@hanmail.net / prunsasang@naver.com
홈페이지 · http://www.prun21c.com

ISBN 979-11-308-0305-0 03810
값 12,700원

응원합니다

응원합니다

응원합니다

응원합니다